www.ingramcontent.com/pod-product-compliance
Lightning Source LLC
LaVergne TN
LVHW021241080526
838199LV00088B/5442
* 9 7 8 9 3 5 8 7 2 5 9 8 8 *

جیسے کو تیسا

(بچوں کی کہانیاں)

مرتبہ:

فرح عندلیب

© Taemeer Publications LLC

Jaise ko taisa (Kids Stories)
by: Farha Andaleeb
Edition: October '2023
Publisher & Printer:
Taemeer Publications LLC (Michigan, USA / Hyderabad, India)

ISBN 978-93-5872-598-8

مصنف یا ناشر کی پیشگی اجازت کے بغیر اس کتاب کا کوئی بھی حصہ کسی بھی شکل میں بشمول ویب سائٹ پر اپ لوڈنگ کے لیے استعمال نہ کیا جائے۔ نیز اس کتاب پر کسی بھی قسم کے تنازع کو نمٹانے کا اختیار صرف حیدرآباد (تلنگانہ) کی عدلیہ کو ہو گا۔

© تعمیر پبلی کیشنز

کتاب	:	**جیسے کو تیسا** (بچوں کی کہانیاں)
مرتبہ	:	**فرح عندلیب**
صنف	:	ادب اطفال
ناشر	:	تعمیر پبلی کیشنز (حیدرآباد، انڈیا)
سالِ اشاعت	:	۲۰۲۳ء
تعداد	:	(پرنٹ آن ڈیمانڈ)
صفحات	:	۲۲
سرورق ڈیزائن	:	تعمیر ویب ڈیزائن

فہرست

(۱)	جیسے کو تیسا	حبیب احمد	6
(۲)	کر بھلا ۔۔۔ ہو بھلا	حماد سطان	7
(۳)	بیربل کی دانشمندی	خان مظفر علی	9
(۴)	وفادار ہاتھی	صدف سراج	11
(۵)	جھینگر اور الو	مریم رحمن	13
(۶)	ترقی کا ہنر	اشوک کمار حیدری	14
(۷)	آزمائش	روبینہ ناز	15
(۸)	وقت	---	17
(۹)	دھوکہ	---	18
(۱۰)	عقلمند مچھلی	---	20
(۱۱)	کلام کا جادو	---	21

(۱) جیسے کو تیسا

حبیب احمد

ایک لڑکا چڑیا گھر میں ہاتھی دیکھ رہا تھا۔ اس نے ہاتھی کی طرف اپنے ہاتھ میں سیب لے کر بڑھایا۔ جب ہاتھی نے سیب لینے کی کوشش کی تو لڑکے نے اپنا ہاتھ کھینچ لیا تاکہ ہاتھی سیب نہ لے سکے لڑکا پھر لوٹا اور دوبارہ اپنا ہاتھ سیب کے ساتھ بڑھایا اور جیسے ہی ہاتھی نے سیب لینے کی کوشش کی لڑکے نے پھر اپنا ہاتھ کھینچ لیا۔

اب ہاتھی غصہ میں آگیا لیکن لڑکے کے بھولنے تک ہاتھی نے اس کے اس عمل پر صبر سے کام لیا اور اس کے بعد ہاتھی نے اپنی سونڈ بڑھا کر لڑکے کی ٹوپی اچک لی تو لڑکا چیخا اور رونے لگا تو ہاتھی نے اپنی سونڈ میں ٹوپی لے کر لڑکے کی طرف بڑھائی اور جب لڑکے نے ٹوپی لینے کا ارادہ کیا تو ہاتھی نے اپنی سونڈ کھینچ لی۔ ہاتھی نے لڑکے کے ساتھ ایسا ہی کیا جیسا کہ لڑکے نے ہاتھی کے ساتھ کیا تھا۔

اس کو دیکھ کر لوگ بہت ہنسے اور لڑکا اپنی ٹوپی ضائع ہونے پر روتا رہا۔ اور سمجھ گیا کہ جو برائی کرتا ہے برا ہی پاتا ہے۔

(۲) کر بھلا۔۔۔ ہو بھلا

حماد سطان

ایک دفعہ کا ذکر ہے کہ ایک بطخ دریا کے کنارے رہتی تھی کیونکہ اس کا نر مر چکا تھا۔ وہ بیچاری ہمیشہ بیمار رہتی تھی۔ ایک دن اس کی طبیعت زیادہ خراب ہو گئی تو وہ ڈاکٹر کے پاس گئی۔ ڈاکٹر نے اسے بتایا کہ تمہاری بیماری ایسی ہے کہ تم جلد مر جاؤ گی۔ اسے یہ سن کر صدمہ ہوا کیونکہ اس کے پاس ایک انڈا تھا۔ اسے ڈر لگا کہ اگر میں مر گئی تو اس انڈے کا کیا ہو گا جس کے خول سے جلد ہی بچہ نکلنے والا تھا اور پھر اس بچے کو کون سنبھالے گا۔ لہذا وہ اپنے سب دوستوں کے پاس گئی جو جنگل میں رہتے تھے۔

اس نے اپنے دوستوں کو اپنی ساری کہانی سنائی لیکن انہوں نے مدد کرنے سے انکار کر دیا۔ بیچاری بطخ نے ان کی کافی منتیں کیں کہ خدا کے لیے تم لوگ مرنے کے بعد میرے بچے کو اپنا سایہ دینا لیکن کسی نے اس کی بات نہ مانی۔ بیچاری بطخ بھی کیا کرتی۔ اس کے ذہن میں خیال آیا کہ کیوں نہ میں اپنے بھائی مرغے کے پاس جاؤں، وہ ضرور میری مدد کرے گا لہذا وہ مرغے کے پاس گئی اور اسے سارا قصہ سنایا۔ مرغ بھائی! آپ میرے بچے کے ماموں جیسے ہو پلیز آپ ہی میرے بچے کو اپنا سایہ دینا۔ مرغا بولا! میں تمہارے بچے کو رکھ لیتا لیکن میری بیگم مرغی یہ بات نہیں مانے گی لہذا مجھے بہت افسوس سے کہنا پڑ رہا ہے کہ میں یہ کام نہیں کر سکتا لہذا تم مجھے معاف کر دینا۔

بطخ ادھر سے مایوس ہو کر اپنے گھر واپس آ گئی اور سوچنا شروع کر دیا کہ اب کیا کیا جائے۔ اچانک اس کے ذہن میں ایک ترکیب آئی اور اس نے موقع ڈھونڈ کر یہ کام انجام

دے دیا اور خود جا کر ایک درخت کے کنارے بیٹھ گئی۔ اس کے بعد بطخ کی طبیعت اور بگڑ گئی اور ایسی بگڑی کہ اس کی موت ہو گئی۔

جب مرغی کے بچے انڈوں سے باہر نکلے تو ان میں ایک بطخ کا بچہ بھی تھا۔ مرغ تو سب جان گیا تھا لیکن اس نے مرغی کو بتانا مناسب نہ سمجھا۔ مرغی نے کافی شور شرابہ کیا اور بولی: "میرے بچوں کے ساتھ بطخ کا بچہ نہیں رہے گا"۔

مرغ نے اسے کافی سمجھایا لیکن مرغی نے اس کا کہنا نہیں مانا۔ مرغی نے اپنے بچوں کو منع کر دیا کہ بطخ کے بچے سے کسی کو بات نہیں کرنی ہے۔ سب نے مرغی کی بات مان لی لیکن دو چوزوں نے اپنی ماں کی بات نہ مانی اور وہ جو خود کھاتے تھے۔ اپنے ساتھ اس بطخ کے بچے کو بھی کھلاتے تھے۔ مرغی کو بطخ کے بچے سے سخت نفرت تھی، وہ اسے دیکھنا بھی پسند نہیں کرتی تھی۔

ایک دن مرغی کے ذہن میں خیال آیا کہ ہم سب مل کر دریا کے کنارے سیر کو جائیں گے۔ ہم سب واپس آ جائیں گے اور بطخ کے بچے کو وہیں چھوڑ آئیں گے۔ اس طرح سے جان چھوٹ جائے گی۔ وہ لوگ سیر کو نکلے۔ وہاں پہنچتے ہی ایک چوزہ دریا کے کنارے چلا گیا اور ڈوبنے لگا۔ یہ دیکھ کر مرغی زور زور سے چیخنے چلانے لگی چونکہ بطخ کے بچے کو تیرنا آتا تھا لہٰذا اس نے فوراً دریا میں تیرنا شروع کر دیا اور اس چوزے کو نکال کر باہر لے آیا۔ مرغی نے جب یہ دیکھا تو اسے اپنے کئے پر کافی شرمندہ ہوئی اور اس نے بطخ کے بچے سے معافی مانگ کر اسے اپنا بیٹا بنا لیا۔ اس طرح وہ سب ہنسی خوشی رہنے لگے۔

دیکھا بچو! کیسے بطخ کے بچے نے مرغی کو بچایا اور کیسے اس کا بھلا ہوا۔ اسی لئے تو کہتے ہیں کہ کر بھلا تو ہو بھلا۔

(۳) بیربل کی دانشمندی
خان مظفر علی

اکبر بادشاہ کے نورتنوں میں سے ایک راجہ بیربل کی ذہانت، حاضر جوابی، کی کہانیاں اور لطیفے بہت مشہور ہیں۔ بیربل کی دانشمندی نے بیربل کے کردار کو افسانوی بنا دیا۔

اکبر اور بیربل سے متعلق ایک واقعہ بہت مشہور ہے۔ روایت کے مطابق ایک رات کو جب بادشاہ اور بیربل بھیس بدل کر شہر کا گشت کر رہے تھے۔ دونوں کا گزر ایک حجام کی جھونپڑی کے پاس سے ہوا۔ حجام جھونپڑی کے باہر چارپائی پر بیٹھا حقہ پی رہا تھا۔ اکبر نے اس سے پوچھا۔ بھائی یہ بتاؤ کہ آج کل اکبر بادشاہ کے راج میں لوگوں کا کیا حال ہے۔ حجام نے فوراً جواب دیا۔ اجی کیا بات ہے۔ ہمارے اکبر بادشاہ کی اس کے راج میں ہر طرف امن چین اور خوشحالی ہے۔ لوگ عیش کر رہے ہیں۔ ہر دن عید ہے ہر رات دیوالی ہے۔

اکبر اور بیربل حجام کی باتیں سن کر آگے بڑھ گئے۔ اکبر نے بیربل سے فخریہ لہجے میں کہا۔ بیربل دیکھا تم نے ہماری سلطنت میں رعایا کتنی خوش ہے؟ بیربل نے عرض کیا بیشک جہاں پناہ آپ کا اقبال بلند ہے۔

چند روز بعد پھر ایک رات دونوں کا گزر اسی مقام سے ہوا۔ اکبر نے حجام سے پوچھ لیا۔ کیسے ہو بھائی؟ حجام نے چھوٹتے ہی کہا۔ اجی حال کیا پوچھتے ہو، ہر طرف تباہی بربادی ہے۔ اس اکبر بادشاہ کی حکومت میں ہر آدمی دکھی ہے۔ ستیاناس ہو، اس منحوس بادشاہ کا۔

اکبر حیران رہ گیا۔ کہ یہی آدمی کچھ دن پہلے بادشاہ کی اتنی تعریف کر رہا تھا۔ اور اب ایسا کیا ہو گیا؟۔ جہاں تک اس کی معلومات کا سوال تھا۔ عوام کی بد حالی اور پریشانی کی اطلاع اسے نہیں تھی۔ اکبر نے حجام سے پوچھنا چاہا۔ لوگوں کی تباہی اور بربادی۔ کی وجی کیا ہوئی۔ حجام کوئی وجہ بتائے بغیر حکومت کو برا بھلا کہتا رہا۔ اکبر اس کی بات سے پریشان ہو گیا۔ الگ جا کر بادشاہ بے بیربل سے پوچھا" آخر اس شخص نے یہ سب کیوں کہا"۔

بیربل نے جیب سے ایک تھیلی نکالی اور بادشاہ سے کہا۔ اس میں 10 اشرفیاں ہیں دراصل میں نے 2 دن پہلے اس کی جھونپڑی سے چوری کروالی تھی۔

جب تک اس کی جھونپڑی میں مال تھا۔ اسے بادشاہ حکومت سب کچھ اچھا لگ رہا تھا۔ اور اپنی طرح وہ سب کو خوش اور سکھی سمجھ رہا تھا۔ اب وہ اپنی دولت لٹ جانے سے غمگین ہے ساری دنیا اسے تباہی اور بربادی میں مبتلا نظر آتی ہے۔ جہاں پناہ، اس واقعے سے آپ کو یہ گوش گزار کرنا چاہ رہا تھا کہ ایک فرد اپنی خوشحالی کے تناظر میں دوسروں کو خوش دیکھتا ہے۔ لیکن بادشاہوں اور حکمرانوں کو رعایا کا دکھ درد سمجھنے کے لئے اپنی ذات سے باہر نکل کر دور تک دیکھنا اور صورتحال کو سمجھنا چاہیئے۔

(۴) وفادار ہاتھی

صدف سراج

یہ کہانی پرانی ہونے کے ساتھ ساتھ سچی بھی ہے۔ یہ بات مغلوں کے دور کی ہے آخری مغل بادشاہ بہادر شاہ ظفر کا ایک ہاتھی تھا۔ نام تھا اس کا "مولا بخش" یہ ہاتھی اپنے مالک کا بے حد وفادار تھا۔ ہاتھی خاصہ بوڑھا تھا مگر تھا بہت صحت مند۔ بہادر شاہ ظفر سے پہلے بھی کئی بادشاہوں کو سواری کرواچکا تھا۔ فطرتاً شریر اور شوخ تھا۔ ہر وقت مست رہتا تھا۔ اپنے مہاوت کے علاوہ کسی کو پاس نہ آنے دیتا تھا۔

یہ ہاتھی کھیلنے کا بڑا شیدائی تھا۔ قلعے کے قریب بچے اس کے گرد اکٹھے ہو جاتے تھے اور مولا بخش ان کے ساتھ ساتھ کھیلتا رہتا۔ پہلے بچے اسے کہتے کہ ایک ٹانگ اٹھاؤ وہ اٹھا لیتا۔ بچے کہتے ایک گھڑی (یعنی ایک منٹ) پوری ہونے سے پہلے نہ رکھنا۔ وہ ایک گھڑی یعنی ایک منٹ تک ایسے ہی رہتا۔ پھر بچے کہتے گھڑی پوری ہوئی تو وہ ٹانگ نیچے رکھ دیا۔ پھر وہ مخصوص آواز نکالتا جس کا مطلب ہوتا کہ "بچو! اب تمہاری باری آئی۔۔" چنانچہ بچے اپنی ٹانگ اٹھالیتے۔ گھڑی پوری ہونے سے پہلے کوئی بچہ ٹانگ نیچے کرنے لگتا تو ہاتھی زور زور سے سر ہلاتا۔ یعنی ابھی گھڑی پوری نہیں ہوئی۔ جب بچوں کے ساتھ بہت خوش رہتا تھا۔ انہیں اپنی سونڈ سے گنے اٹھا اٹھا کر دیتا۔ جس دن بچے نہ آتے اس دن شور مچاتا مجبوراً مہاوت بچوں کو بلا کر لاتا ویسے تو یہ بہت شوخ ہاتھی تھا لیکن جب بادشاہ کی سواری کا موقع آتا تو بہت مؤدب اور سنجیدہ ہو جاتا۔ جب تک بادشاہ صحیح طرح بیٹھ نہ جائے کھڑا نہ ہوتا۔

۱۸۵۷ء میں جب انگریز قلعہ پر قابض ہوئے اور بہادر شاہ ظفر نے ہمایوں کے مقبرے میں پناہ لی تو مولا بخش بہت اداس ہو گیا۔ بادشاہ سے بچھڑنے کا اسے اتنا غم ہوا تھا کہ اس نے کھانا پینا چھوڑ دیا۔ قلعے کے نئے انگریز انچارج سانڈرس کو یہ خبر ملی تو اس نے لڈو اور کچوریوں سے بھرے ٹوکرے منگوائے اور ہاتھی کے سامنے رکھے۔ ہاتھ نے اپنی سونڈ سے وہ تمام ٹوکرے اٹھا کر پھینک دیئے۔ سانڈرس کو غصہ آ گیا کہ یہاں تو ہاتھی بھی باغی ہے۔ اس نے ہاتھی کی نیلامی کا حکم دیا۔ ہاتھی کو بازار میں کھڑا کر دیا گیا مگر کوئی بھی بولی نہیں لگا رہا تھا۔ پھر ایک پنساری نے اڑھائی سو روپے کی بولی لگائی اور ہاتھی اس کے ہاتھ نیلام کرنے کا فیصلہ ہوا۔

مہاوت نے یہ دیکھ کر کہا "مولا بخش! ہم دونوں نے بادشاہ کی بہت غلامی کر لی اب تو تجھے ہلدی بیچنے والے کے دروازے پر جانا پڑے گا۔"

یہ سننا تھا کہ ہاتھی دھم سے زمین پر گرا اور مر گیا۔ ہاتھی کی وفاداری کا یہ قصہ بہت انوکھا ہے۔ مولا بخش نے اپنے مالک کے علاوہ کسی کے پاس رہنا پسند نہ کیا اور اس غم نے اس کی جان لے لی۔

(۵) جھینگر اور الو

مریم رحمن

ایک درخت پر ایک الو آرام سے سو رہا تھا۔ اس کے قریب ہی ایک جھینگر بیٹھا گانا گائے جا رہا تھا جس کی آواز الو کی نیند میں خلل ڈال رہی تھی۔ الو نے نرمی سے جھینگر سے کہا کہ وہ اپنا گانا بند کر دے یا پھر یہاں سے چلا جائے۔ یہ سننا تھا کہ جھینگر ہنسنے لگا کہ تم ایک بد صورت جانور ہو جب سب شریف سو جاتے ہیں تو تم جاگتے رہتے ہو۔

الو تھوڑی دیر کے لیے چپ ہو گیا اور پھر جھینگر سے بولا "اتنی خوبصورت آواز سن کر میں جاگتا رہوں تو کوئی بات نہیں۔ میں زندگی میں نے پہلی بار اتنی خوبصورت آواز سنی ہے۔ میری بیوی نے مجھے مزے دار شہد کی بوتل دی ہے۔ تم میرے پاس آؤ اور اس مزے دار شہد کے چند قطرے تم بھی پیو۔ اس سے تمہاری آواز اچھی ہو جائے گی۔"

بے وقوف جھینگر اس کی باتوں میں آگیا اور کودتا ہوا الو کے پاس آگیا۔ الو نے لپک کر جھینگر کو پکڑ لیا اور اسے مار ڈالا۔

(٦) ترقی کا ہنر

اشوک کمار حیدری

کلاس روم میں سناٹا چھایا ہوا تھا۔ طلبہ کی نظریں کبھی استاد کی طرف اٹھتیں اور کبھی بلیک بورڈ کی طرف کیوں کہ استاد کے سوال کا جواب کسی کے پاس نہیں تھا۔ سوال تھا ہی ایسا استاد نے کلاس رام میں داخل ہوتے ہی بغیر ایک لفظ کہے بلیک بورڈ پر ایک لمبی لکیر کھینچ دی۔ پھر اپنا رخ طلبہ کی طرف کرتے ہوئے پوچھا "تم میں سے کون ہے جو اس لکیر کو چھوئے بغیر چھوٹا کر دے؟"

"یہ ناممکن ہے۔" کلاس کے سب سے ذہین طالب علم نے آخر اس خاموشی کو توڑتے ہوئے جواب دیا "لکیر کو چھوٹا کرنے کے لیے اسے مٹانا پڑے گا اور آپ اس لکیر کو چھونے سے بھی منع کر رہے ہیں۔"

باقی طلبہ نے بھی گردن ہلا کر اس کی تائید کر دی۔ استاد نے گہری نظروں سے طلبہ کو دیکھا اور کچھ کہے بغیر بلیک بورڈ پر پہلی لکیر کے پاس تھوڑا فاصلہ دے کر اس سے بڑی ایک اور لکیر کھینچ دی۔ اب سب نے دیکھ لیا کہ استاد نے لکیر کو چھوئے بغیر اسے چھوٹا ثابت کر دیا تھا۔

طلبہ نے آج اپنی زندگی کا سب سے بڑا سبق سیکھا تھا یعنی دوسروں کو نقصان پہنچائے بغیر ان کو برا بھلا کہے بغیر ان سے حسد کیے بغیر ان سے الجھے بغیر آگے نکل جانے کا ہنر جو انہوں نے چند منٹ میں سیکھ لیا۔

(۷) آزمائش

روبینہ ناز

کسی گاؤں میں رحیم نامی کسان رہتا تھا۔ وہ بہت نیک دل اور ایماندار تھا۔ اپنی ہی خوبیوں کی وجہ سے گاؤں بھر میں مشہور تھا۔ لوگ اپنی چیزیں امانت کے طور پر اس کے پاس رکھواتے تھے۔

ایک دن معمول کے مطابق صبح سویرے کھیتوں میں ہل چلانے کے لیے جا رہا تھا کہ راستے میں اسے ایک تھیلی نظر آئی۔ اس نے ادھر ادھر دیکھ کر تھیلی اٹھالی۔ اس نے تھیلی کھول کر دیکھی تو وہ اشرفیوں سے بھری ہوئی تھی۔ کسان تھیلی لے کر کھیتوں میں جانے کے بجائے گھر واپس آگیا اور اپنی بیوی کو بتا دیا۔ جب اس کی بیوی کو یہ معلوم ہوا کہ اس میں اشرفیاں ہیں تو اس کے دل میں لالچ آگیا۔ اس نے اپنے شوہر سے کہا۔ "ہم یہ تھیلی رکھ لیتے ہیں اور فوراً یہاں سے چلے جاتے ہیں، شہر جا کر ہم بڑا سا گھر بنائیں گے اور اس میں آرام سے رہیں گے۔ 'بیوی کے کہنے کے باوجود کسان لالچ میں نہ آیا اور کہنے لگا۔

"نہیں! میں ایسا نہیں کر سکتا، میں اس تھیلی کے مالک کو ڈھونڈ کر اشرفیاں اس تک پہنچاؤں گا۔"

"یہ تھیلی تمہیں راستہ میں ملی ہے، تم نے کوئی چوری تو نہیں کی؟" اس کی بیوی اسے تھیلی رکھنے کے لیے جواز پیش کر رہی تھی۔ مگر کسان نے بیوی کی بات نہ مانی اور تھیلی لے کر باہر کی طرف چل پڑا۔ راستے میں اسے گاؤں کا چودھری ملا۔ وہ کسان کے پاس آیا اور پوچھنے لگا۔ "تم اس وقت کھیتوں میں کام کرنے کے بجائے یہاں نظر آرہے ہو، خیریت تو

ہے؟"

کسان نے تمام واقعہ چودھری کو بتایا اور کہا" میں اس تھیلی کے مالک کو ڈھونڈ رہا ہوں تاکہ اس کی امانت اس تک پہنچادوں۔"

اس کی بات سن کر چودھری مسکرایا اور بولا۔"یہ تھیلی تمہارا انعام ہے۔"

یہ سن کر کسان حیران ہوا اور حیرت زدہ ہو کر بولا۔"انعام! مگر کیوں۔۔؟"

چودھری نے جواب دیا۔"میں نے گاؤں بھر میں تمہاری ایمانداری کے چرچے سنے تھے، اس لئے میں نے یہ تھیلی تمہارے راستے میں رکھ دی تھی کیونکہ صبح سویرے اتنی جلدی تمہارے یہاں سے کوئی نہیں گزرتا،"

"مگر کیوں۔۔؟"کسان نے پوچھا۔

تمہاری ایمانداری کو آزمانے کے لیے اب یہ تھیلی تمہارا انعام ہے۔"چودھری نے کہا: کسان کے لاکھ منع کرنے کے باوجود چودھری نے وی تھیلی اس سے نہ لی۔

کسان خوشی خوشی گھر آیا۔ اس نے اشرفیوں کی تھیلی اپنی بیوی کو دی اور کہا۔

"اگر میں تمہارے کہنے پر لالچ کرتا تو ہرگز ہرگز انعام میں یہ تھیلی نہ ملتی۔" پھر اس نے چودھری سے ہونے والی گفتگو اپنی بیوی کو بتادی۔

کسان نے کچھ اشرفیاں غریبوں کو دیں اور بیوی کو لے کر شہر چلا گیا۔ وہاں اس نے ایک گھر خریدا اور کاروبار کر کے خوش و خرم زندگی گزارنے لگا۔

(۸) وقت

کوا ایک پیڑ کی شاخ پر آ کر بیٹھا جو اسے بہت پسند آئی۔ اسی شاخ پر ایک الو رہتا تھا۔ کوا، الو سے بولا۔ "اچھی جگہ ہے یہاں اچھا سا ایک گھونسلہ بن سکتا ہے۔"

"ضرور بن سکتا ہے۔ اس شاخ پر کافی جگہ ہے۔" الو نے اپنائیت سے کہا اور آپ کو اپنا پڑوسی بنا کر مجھے بہت خوشی ہو گی۔

"لیکن مجھے خوشی نہیں ہو گی۔" کوا بڑے تیکھے لہجے میں بولا۔

"ہم دونوں ایک ہی شاخ پر کیسے رہ سکتے ہیں؟"

"تو پھر دوسری شاخ دیکھو۔ یہاں کیوں بیٹھے ہو۔" الو نے دو ٹوک جواب دیا۔

یہ سن کر کوے نے الو پر حملہ کر دیا۔ کوا بہت خوش تھا۔ اس نے الو سے جگہ چھین لی تھی۔ رات ہوئی۔ کوا چونچ گرائے شاخ پر بیٹھا تھا۔ کسی نے ایک چونچ اس کے سر پر ماری۔

"کون؟" کوا اچانک چونک کر چلایا۔

"بھول گئے؟" چونچ مارنے والے نے کہا۔

آواز پہچان کر کوا تمسخرانہ لہجے میں بولا: "مجھے بھولنے کی عادت نہیں۔"

"لیکن یہ تم بھول گئے تھے۔ جو تمہاری رات ہے وہی میرا دن ہے۔" یہ کہہ کر الو نے حملہ کر دیا۔ کوے کی آنکھیں پھوڑ ڈالیں اور اپنی جگہ اس سے چھین لی۔

(۹) دھوکہ

ایک عقاب اور ایک الو میں دوستی ہو گئی۔

عقاب بولا "بھائی الو اب تمہارے بچوں کو کبھی نہیں کھاؤں گا۔ مگر یہ تو بتاؤ کہ ان کی پہچان کیا ہے۔؟ کہیں ایسا نہ ہو کہ کسی دوسرے پرندے کے بچوں کے دھوکے میں ہی کھا جاؤں۔"

الو نے جواب دیا۔ "بھلا یہ بھی کوئی مشکل بات ہے۔ میرے بچے سب پرندوں کے بچوں سے زیادہ خوبصورت ہیں۔ ان کے چمکیلے پر دیکھ کر تم ایک ہی نظر میں پہچان جاؤ گے اور۔۔۔"

عقاب نے الو کی بات کاٹ کر کہا "بس بس میں سمجھ گیا۔ اب، اب میں کبھی دھوکا نہیں کھا سکتا۔ مگر بھائی ہر بات کو پہلے ہی پوچھ لینا اچھا ہے۔ پھر پچھتانے سے کچھ نہیں ہو سکتا۔ اچھا پھر ملیں گے۔ اللہ حافظ۔" یہ کہہ کر عقاب اڑ گیا۔

دوسرے دن عقاب شکار کی تلاش میں ادھر ادھر اڑ رہا تھا کہ اسے ایک اونچے درخت کی شاخ پر کسی پرندے کا گھونسلا نظر آیا۔ گھونسلے کے اندر چار پانچ کالے کلوٹے بد شکل بچے موٹی اور بھدی آواز میں چوں چوں کر رہے تھے۔ عقاب نے سوچا یہ بچے میرے دوست الو کے ہرگز نہیں ہو سکتے۔ کیوں کہ نہ تو یہ خوبصورت ہیں اور نہ ان کی آواز میٹھی اور سریلی ہے۔

یہ سوچ کر عقاب نے ان بچوں کو کھانا شروع کر دیا۔ وہ سب بچوں کو کھا چکا تو الو اڑتا

ہوا آیا اور شور مچا کر کہا۔ "ارے تم نے یہ کیا کیا؟ یہ تو میرے بچے تھے۔"

عقاب گھبرا کر اڑ گیا۔

ایک چمگادڑ نے جو پاس ہی اڑ رہی تھی، الو سے کہا "اس میں عقاب کا کوئی قصور نہیں۔ ساری غلطی تمہاری ہے جو کوئی کسی کو دھوکا دے کر اپنی اصلیت چھپانے کی کوشش کرتا ہے اس کا یہی انجام ہوتا ہے۔"

(۱۰) عقلمند مچھلی

ایک گاؤں میں چھوٹا تالاب تھا۔ جس میں بہت مچھلیاں رہتی تھیں ایک مچھلی جس کا رنگ نیلا تھا اس کی وجہ سے اس کا نام نیلی مچھلی پڑ گیا۔ نیلی مچھلی بہت عقلمند تھی۔ وہ جو کوئی بھی کام کرتی بہت سوچ سمجھ کر کرتی تھی۔ ایک دن اس تالاب کے پاس 2 مچھیرے آئے اور ایک مچھیرے نے کہا اوہو! دیکھو تو کتنی ساری مچھلیاں ہیں۔

کل ہم آئیں گے اور ان سب مچھلیوں کو پکڑ لے جائیں گے۔ یہ بات نیلی مچھلی نے سن لی۔ اور وہ جا کر دوسری مچھلیوں کو سنانے لگی دوسری مچھلیاں نیلی مچھلی پر ہنسنے لگیں اور کہنے لگیں۔ کہ اگر تمہیں جانا ہے تو جاؤ ہم سب یہیں رہیں گے۔

اسی رات عقلمند مچھلی تالاب چھوڑ کر چھوٹی جھیل کے ذریعہ ندی میں چلی گئی۔ دوسرے دن وہ مچھیرے آئے اور تالاب کی ساری مچھلیوں کو پکڑ کر لے گئے عقلمند مچھلی کی بات نہ سن کر مچھلیوں کو پچھتاوا ہوا اور اس طرح سے عقلمند مچھلی بچ گئی۔ اس لیے بچو ہمیشہ عقل سے کام لو۔

(۱۱) کلام کا جادو

حضرت سعدی رحمہ اللہ فرماتے ہیں کہ میں ایک شہر بعلبک کی جامع مسجد میں قرآن پاک کی آیت کی تفسیر بیان کر رہا تھا اور سامعین کو اس آیت مبارکہ کے مفہوم و مطالب سے آگاہ کرنے کے لئے فصاحت و بلاغت کے دریا بہا رہا تھا لیکن سامعین، ذوق سے بے بہرہ تھے۔ پتھر بنے بیٹھے تھے۔ ان کی سمجھ میں کچھ نہیں آرہا تھا کہ میں کیا کہہ رہا ہوں، اور کن سے کہہ رہا ہوں، بھینس کے آگے بین بجانے والی بات تھی اور یہ مثل مشہور ہے کہ

"اندھے کے آگے رونا اپنے نین کھونے کے مترادف ہے۔"

سامعین کی بے حسی اور بددلی کے باوجود میرا بیان گرم جوشی سے جاری رہا۔ اسی اثناء میں ایک شخص قریب سے گزرا میری تقریر کے چند جملے ہی سن کر بڑا خوش ہوا۔ اس کی زبان سے نعرہ ستائش بلند ہوا تو سناٹے میں آئے ہوئے سامعین چونکے۔ ان کے ہاؤ ہو سے مسجد کی فضاء گونج اٹھی۔ پتھر بولنے لگے تھے۔ یہ حالت دیکھ کر میری زبان سے بے اختیار نکلا۔ سبحان اللہ جزاک اللہ دور رہنے والے باخبر تے فائدہ اٹھایا اور پاس بیٹھے ہوئے بے خبر بت بنے رہے۔

نصیحت: بات صرف اس شخص پر اثر کرتی ہے جس میں سمجھنے کی صلاحیت ہو۔ مرد ناداں پر کلام نرم و نازک بے اثر۔

***

بچوں کے لیے ایک دلچسپ سوانحی کہانی

سردار جعفری

مصنفہ : رفیعہ شبنم عابدی

بین الاقوامی ایڈیشن منظر عام پر آچکا ہے